Vente des 8 et 9 Avril 1868

PORCELAINES

DE LA CHINE & DU JAPON

PROVENANT

De feu le Comte GALLI, de Florence

OBJETS DIVERS

EXPOSITIONS

PARTICULIERE, le Lundi 6 Avril 1868.

PUBLIQUE, le Mardi 7 Avril 1868.

DE UNE HEURE A CINQ.

Me CHARLES PILLET,
COMMISSAIRE-PRISEUR

M. CARLE DELANGE,
EXPERT

1868

CATALOGUE

D'UNE BELLE RÉUNION DE

PORCELAINES

DE LA CHINE & DU JAPON

PROVENANT

De feu le Comte GALLI, de Florence

et de

**Meubles, Tentures, Bustes en bronze, Coupes en porphyre
et serpentin, Objets divers et Tabatières.**

DONT LA VENTE AURA LIEU

HOTEL DROUOT, Salle N° 1

Les Mercredi 8 et Jeudi 9 Avril 1868

A DEUX HEURES,

Par le ministère de Mᵉ CHARLES **PILLET**, Commissaire-Priseur,
11, rue de Choiseul,
Assisté de **M.** CARLE **DELANGE**, 5, quai Voltaire.

Chez lesquels se trouve le présent Catalogue.

EXPOSITIONS {
PARTICULIÈRE : le Lundi 6 Avril 1868,
PUBLIQUE : le Mardi 7 Avril 1868,

DE UNE HEURE A CINQ HEURES.

CONDITIONS DE LA VENTE

Elle sera faite au comptant.

Les acquéreurs payeront *cinq pour cent* en sus des adjudications

L'exposition mettant le public à même de se rendre compte de l'état des tableaux, il ne sera admis aucune réclamation une fois l'adjudication prononcée.

Nota. — A partir du 15 avril prochain, l'étude de Mᵉ Charles Pillet serra transférée de la rue de Choiseul, 11, à la rue Grange-Batelière, 10.

210. — Paris. Imp. de Pillet fils aîné, rue des Grands-Augustins, 5.

DÉSIGNATION DES OBJETS

Porcelaines du Japon

1 — Belle garniture de cinq pièces à décor polychrome,
avec médaillons d'oiseaux et feuillages rehaussés de
rouge.

Haut., 65 cent.

2 — Très-belle garniture de cinq pièces, forme hexagone, à
fond rouge, entièrement percées à jours, à médaillons
blancs en forme de vases décorés de figures ; les trois potiches montées sur socles en porcelaine semblable. Très-
rares.

Haut., 40 cent ,sans les socles.

3 — Belle garniture de cinq potiches, de forme élancée,
richement décorées de fleurs et feuillages polychromes
avec médaillons renfermant des paysages. Le tout rehaussé
d'or.

Haut., 63, 52, et 48 cent.

4 — Deux autres potiches analogues.

Haut., 48 cent.

5 — Deux grands et beaux cornets à décor de fleurs et feuillages polychromes, avec oiseaux chimériques or, rehaussés de noir et de rouge.

Haut., 60 cent.

6 — Deux grands cornets, à décor de fleurs et feuillages polychromes, rehaussés d'or.

Haut., 55 cent.

7 — Paire de cornets, à décor polychrome, de fleurs et feuillages avec oiseaux or, rehaussés en couleurs et en rouge,

Haut., 40 cent.

8 — Deux grandes et belles vasques évasées, à fond blanc, richement décorées de fleurs et feuillages polychromes, rehaussés d'or.

Haut., 28 cent. ; diam., 40 cent.

9 — Trois vases à couvercle, à fond bleu, décorés de fleurs or, avec médaillons fond blanc, renfermant des figures et des oiseaux or, rehaussés de noir.

Haut., 25 cent.

10 — Deux bols, à décor de fleurs polychromes et or, avec bordure dentelée bleu sur blanc.

Diam., 27 cent.

11 — Deux bols à pans, richement décorés à l'intérieur et à l'extérieur de médaillons à fleurs polychromes.

Diam., 22 cent.

12 — Vase forme balustre, à panse repercée à jours, décor polychrome.

Haut., 35 cent.

13 — Deux carpes sur socles rocailleux montés en bronze.

14 — Un coq et une poule formant pendants.

15 — Deux légumières à oreillons et couvercles, à décor polychrome rehaussé d'or.

16 — Trois bouteilles pyriformes, à décor polychrome.

17 Potiche à pans, faite en deux pièces, à décor bleu sur blanc.

18 — Théière à anse surélevée, à décor bleu sur blanc, à panse côtelée.

19 — Cinq pots divers, en forme de boule, à décor bleu sur blanc.

20 — Six tasses avec soucoupe. Seront divisées.

21 — Trois bols, deux assiettes et une soucoupe. Seront divisées.

21 *bis* — Trois saladiers dont un à oreillons à décor polychrome rehaussé d'or. Seront divisés.

22 — Compotier à bord festonné richement décoré de feuillages polychromes rehaussés d'or.

23 — Buire à décor bleu sur blanc.

24 — Belle pagode tenant un éventail, très-riche de décor.

Haut., 36 cent.

25 — Une autre formant flambeau.

26 — Autre formant écritoire.

27 — Deux autres en pendants.

Haut., 45 cent.

28 — Deux autres portant des vases.

Haut., 40 cent,

29 — Deux autres portant des vases.

Haut., 30 cent.

30 — Six figurines en terre coloriées. Inde.

Porcelaines de Chine

31 — Garniture complète de cinq pièces à fond chagriné, couleur turquoise avec beaux médaillons à sujets polychrome. Rares.

32 — Deux potiches à couvercle de forme élancée à fond blanc, richement décorées de fleurs et feuillages émaillés en relief. Famille rose.

Haut., 50 cent.

33 — Deux petites potiches de forme élancée à fond blanc, très-richement décorées de fleurs et feuillages émaillés en relief.

34 — Deux beaux bols entièrement couverts de médaillons renfermant des figures en émaux de couleurs, avec bordure de feuillages, famille verte, avec marque sous le pied.

Diam., 37 cent.

35 — Deux bols à fond rouge, à mosaïque noir et or avec médaillons renfermant des figures et oiseaux polychrome.

Diam., 26 cent.

36 — Beau bol rafraichissoir, à bords dentelés, avec anses rouges, décoré de figures et ornements or, rehaussés de noir et de rouge

37 — Deux jardinières évasées de forme carrée, ornées de fleurs et figures polychromes en relief. Époque Louis XIV.

38 — Paire de grands vases à anses, en céladon vert décorés de branchages bleus et blancs.

Haut., 50 cent.

39 — Deux vases en céladon bleu fouetté.

Haut., 44 cent.

40 — Trois potiches à couvercles à fond bleu décorées de rosaces et feuillages or.

Haut., 45, cent.

41 — Deux autres potiches analogues.

Haut., 35 cent.

42 — Paire de cornets à fond bleu, décorés de rosaces et feuillages or.

Haut., 45 cent.

43 — Deux vases à panse renflée, à large ouverture, l'un à fond noir, l'autre à fond bleu décorés de feuillages or.

Haut., 34 cent.

Objets divers

44 — Beau buste d'homme en bronze de grandeur naturelle représentant Bindo Peruzzi gonfalonier de la république de Florence, par Andrea del Verochio. Superbe travail italien de la fin du xve siècle.

45 — Beau buste d'homme de grandeur naturelle en bronze sur piédouche de même matière. On lit dans un cartouche, en caractère grec en argent incrusté ΕΥΡΙΠΙΔΗΣ. Beau travail italien de la fin du xve siècle, attribué à Andrea del Verochio.

46 — Buste de femme plus grand que nature en bronze imitation libre de l'antique. Beau travail italien de la fin du xve siècle attribué au même auteur.

47 — Deux coupes en porphire oriental forme de vasques aplaties sur piédouche élevé de même matière, le fond est orné d'un ombilic, beau travail du xviie siècle.

Diam.,   Haut ,   cent.

48 — Vasque en porphire oriental avec monture en bronze doré style Louis XVI ; elle est placée sur un socle de même matière. Beau travail du xvii° siècle.

49 — Vasque en serpentin vert, pendant de la précédente.

Diam.,   Haut.,   cent.

50 — Baiser de paix en cuivre doré avec couronnement et pilastres, renfermant un nielle représentant le Christ soutenu par des anges. Dans le fronton un autre nielle.

Travail italien xvi° siècle.

51 — Six plaques en émail, représentant des sujets de la vie du Christ. Travail de Limoges, par un des Pénicaud, d'une exécution de conservation hors ligne.

52 — Deux petits bras Louis XVI en cuivre doré, très-fin d'exécution.

53 — Boîte ovale en or émaillé, le bord décoré de feuillages ciselés et émaillés; le fond bleu clair translucide, au centre un médaillon à sujet émaillé entouré de perles.

54 — Boîte en or de forme ronde, dessus et dessous décorés de miniatures, représentant le triomphe de Vénus et celui de l'Amour. Le tour de la boîte est orné de sujets, représentant des Amours jouant.

55 — Boîte en or émaillé à cercles guillochés, avec fond d'émail orange ; au centre un médaillon à sujet.

56 — Coffret en ivoire, forme d'arche, du xvi⁰ siècle, décoré d'ornements en argent ciselé.

57 — Navette de l'époque de Louis XV, en laque aventurinée, ornée de médaillons en laque du Japon avec certissure d'or; elle est doublée en nacre.

58 — Cafetière en argent avec goulot, couvercle et pieds, décorée de figures et mascarons en relief et ciselés. Époque Louis XV.

59 — Couvercle de coupe d'accouchée, représentant extérieurement la naissance d'Hercule; à l'intérieur, une figure de femme ailée, tenant une corne.

Pièce très-fine de la fabrique d'Urbino.

60 — Deux petites figurines d'homme et femme portant son enfant, en porcelaine imitant le Japon. Elles portent la marque d'une ancre et sur l'une d'elles on lit: *Venezia* 1780.

Fabrique mentionnée dans Passeri.

61 — Deux tasses à bouillon avec soucoupes en porcelaine de Sèvres, pâte tendre à fond bleu grand feu, à médaillons blancs, décorés d'oiseaux et de feuillages dorés. Époque Louis XVI.

62 — Tasse à bouillon et sa soucoupe en porcelaine de Sèvres, pâte tendre à médaillons de fleurs; le fond à raies alternés de fleurs et feuillages avec rubans polychromes. Époque Louis XVI.

63 — Plusieurs pièces d'enfilage en cristal de roche taillé.

Meubles, Étoffes et Tentures

64 — Meuble en bois doré et sculpté de l'époque de Louis XIV ;
il est recouvert de son ancienne étoffe en velours à parterre de Gênes, à fleurs et feuillages sur fond tissé d'or et
d'argent. Il se compose d'un canapé, huit fauteuils et
deux chaises.

65 — Velours de Gênes, à parterre à fond tissé d'or et d'argent et décor de fleurs et feuillages de couleurs.
Ensemble, 62 mètres environ.

66 — Bandes de la même étoffe de 25 cent. de largeur.
Ensemble, 30 mètres environ.

L'étoffe et le meuble ci-dessus formaient l'ensemble d'un
salon dans un palais de Turin.

67 — Lampas à fond rouge et décor de fleurs et feuillages
blancs et verts. — Quatre grands rideaux. — Quatre plus
petits. — Deux grands lambrequins. — Deux plus petits.

Ensemble environ soixante seize mètres, plus trente-
quatre glands en soie et passementerie d'argent, et 21
mètres 50 cent. de cordelières de soie, formant embrasses.

68 — Étoffe de soie à fond jaune maïs, décorée de trophées,
feuillages et oiseaux brodés en couleurs.

Ensemble, soixante-six mètres environ.

69 — Six pièces d'étoffe de satin bouton d'or avec médaillons
au centre brodés en soie de couleurs et argent avec garniture de franges en argent fin.

Étoffe, ensemble 39 mètres environ; franges, 33 mètres
60 cent. environ.

70 — Cinq coussins, avec pentes brodées, en même étoffe et
garnis de franges semblables.

Ensemble, 12 mètres 75 cent. de franges environ.

71 — Écran en bois sculpté et doré avec feuille en soie bro-
chée, représentant deux chiens tourmentant un perro-
quet. Époque Louis XVI.

72 — Très-beau lit avec baldaquin en bois sculpté, décoré de
rinceaux de feuillages avec vases, et accompagné de sa
tenture en satin rouge. Époque Louis XVI.

73 — Tenture complète de chambre à coucher en satin rouge
avec baguettes, dessus de portes, fronton de fenêtre en
bois sculpté de l'époque de Louis XVI, formant ensemble,
avec le lit ci-dessus, environ 160 mètres d'étoffe.

74 — Grande quantité de cuirs de Cordoue, formant l'ensemble d'une salle d'armes, provenant d'un palais de
Turin.

75 — Sous ce numéro seront vendus les objets omis au présent catalogue.

RED. :

19